OBSERVATIONS

POUR

LES COMEDIENS FRANÇOIS,

ORDINAIRES DU ROI,

OCCUPANT LE THÉATRE DE LA NATION,

SUR

Le Rapport fait à la Commune de Paris par ses Commissaires, le 27 Mars 1790,

RELATIVEMENT AUX SPECTACLES.

A PARIS,

DE L'IMPRIMERIE DE PRAULT,
Imprimeur du Roi, quai des Augustins,

—————

1790.

OBSERVATIONS

POUR

LES COMEDIENS FRANÇOIS,

ORDINAIRES DU ROI,

OCCUPANT LE THÉATRE DE LA NATION.

SUR

Le Rapport fait à la Commune de Paris par ses Commiſſaires, le 27 Mars 1790, RELATIVEMENT AUX SPECTACLES.

DEPUIS quelques mois, la Comédie Françoiſe n'entend autour d'elle que des plaintes, & ne voit, dans ceux même à qui elle a montré le plus d'attachement, ou le plus de condeſcendance que des ennemis.

Il ſemble que l'eſprit de liberté ſoit un eſprit de dénigrement.

On ne tient aucun compte aux Acteurs les

plus jaloux de plaire au Public, des efforts qu'ils font pour y réussir.

On ne rend aucune justice à leurs intentions.

On n'est occupé qu'à leur disputer le mérite de leur zele ; on calomnie jusqu'à leurs bienfaits.

Peut-être ne seroit-il pas sans intérêt de rechercher la cause secrette, de cette sorte de ligue qui semble s'être formée tout-à-coup contre un Théâtre qui a été si long-temps en possession de l'estime générale, ni difficile de l'assigner.

Mais, indépendamment de l'espece de répugnance que la Comédie Françoise éprouve à fixer l'attention publique sur ce qui peut lui être personnel, il est sans doute convenable qu'elle attende, pour développer le régime de son administration, dont elle peut d'avance attester la sagesse, & répondre aux reproches qu'on se permet de lui faire, le moment où une Municipalité organisée suivant les Décrets de l'Assemblée Nationale, croira devoir s'occuper de la forme & du gouvernement des Spectacles de la Capitale.

Jusqu'à ce que cette Municipalité soit établie, tout ce qu'on écriroit seroit prématuré.

La Municipalité actuelle, en effet, n'a aucun pouvoir.

Son administration n'est que provisoire.

Les questions qu'on agite dans ses Assemblées n'emploient que du temps.

Plusieurs des principes, d'ailleurs, qu'on y établit ne font que des paradoxes.

Quelques uns des projets, même, qu'on y propose ne repandent que des inquiétudes.

Et c'est peut-être une chose très-remarquable que cette extension presque illimitée d'une autorité pourtant circonfcrite, que fe font permis ainfi avec tant de rapidité des hommes recommandables, d'ailleurs par leur patriotifme & par leurs lumieres.

Nous pouvons en citer pour exemple, le compte qui vient d'être rendu à la Commune, par fes Commiffaires, relativement aux Spectacles.

On aura peut-être de la peine à croire qu'on avance dans ce compte, comme *principe*, que la Commune eft *proprietaire née* de tous les Spectacles qui s'établiffent dans fon enceinte, & qu'on y propofe comme *plan* d'expulfer *d'autorité* tous les poffeffeurs actuels des grands Théâtres de la Capitale, & de livrer ces Théâtres à des entrepreneurs qui les exploitent à leur profit, & les gouvernent à leur volonté.

C'eft fur ce principe même & fur ce plan que repofe comme fur deux bafes fondamentales toute la difcuffion du compte rendu.

On fe doute bien que nous n'entendons pas

nous jetter ici dans la question de savoir à qui appartient véritablement le droit des spectacles.

Si les Municipalités peuvent s'en attribuer la propriété :

Si cette propriété mise dans les mains des Municipalités ne deviendroit pas un titre à une concession de privileges :

Si des priviléges de ce genre peuvent exister aujourd'hui & se concilier avec la liberté que la Nation à reconquise :

Si des Citoyens qui se réunissent n'ont pas au contraire la faculté d'établir des Spectacles, sans l'intervention même de la puissance publique, & en ne blessant d'ailleurs ni le bon ordre que cette puissance est obligée de protéger, ni les mœurs dont le dépôt est confié à sa garde.

Cette question ou plutôt ces questions qui ont leurs difficultés tout à la fois & leur importance, ne peuvent être décidées que par l'Affemblée Nationale; une Municipalité n'en a pas le droit.

Nous ne voulons feulement que jetter ici un coup d'œil fur le projet propofé à la Commnne par fes Commiffaires de donner les grands Théâtres & en particulier la Comédie Françoife à l'entreprife, & furtout fur les prétextes qu'on emploie pour juftifier un projet auffi bizarre.

Suivant le *Compte rendu*, le Public n'eft pas fatisfait des Comédiens François, les Auteurs s'en plaignent, leur adminiftration eft vicieufe, ils font écrafés de dettes; & c'eft la forme même de leur régime qui améne tous ces inconvéniens qui, à ce que prétendent ces Commiffaires, n'arriveroient pas avec un Entrepreneur.

Nous allons examiner chacun de ces reproches & les réfuter.

On va voir que ce n'eft pas une tâche bien difficile.

D'abord dit-on, le Public n'est pas satisfait.

Mais de quel Public entend-t-on parler ?

Est-ce du Public impartial, réfléchi, tranquille, ou feulement de quelques hommes chagrins ou cabaleurs ?

Pour ceux - ci fans doute , quelque chofe que fiffent les Comédiens François , ils auroient bien de la peine à remplir l'étendue de leurs defirs ou à en flatter l'inconflance.

Mais le vrai Public comment fe plaindroit-il d'eux ?

Il n'y a pas un feul Acteur qui ne faffe conf-tamment fes efforts pour mériter ou conferver fon fuffrage.

Ils varient les pièces le plus qu'ils peuvent.

Ils fe prêtent à jouer toutes les nouveautés qui peuvent être de quelqu'intérêt.

Ils cherchent même quelquefois à étendre la sphére de leur talent pour étendre aussi celle des jouissances que le Public veut bien y trouver.

En un mot, ils ne sont occupés qu'à conquérir, à force de dévouement, une estime qui fait leur gloire tout-à-la-fois & leur destinée.

On dit que chacun d'eux, accoutumé à regarder l'emploi dont il a acquis l'expérience, comme une propriété, n'est attaché qu'à le défendre contre les rivalités qui pourroient lui en disputer l'exercice.

Sans doute, tout bon Comédien est jaloux, & doit même l'être, de l'emploi auquel il est propre.

Mais n'en est-il donc pas ainsi dans les *entreprises* ?

Croit-on qu'un Directeur soit le maître,

comme le prétendent les Commiſſaires de la Commune, de changer les emplois à leur volonté ?

Eſt-il même poſſible de faire une loi à un Comédien qui s'eſt engagé à jouer les rôles ou de père, ou de financier, ou de petit-maître, d'abandonner celui de ces rôles auxquels il eſt accoutumé, & dont l'habitude, unie à l'exercice de la penſée, lui a donné le talent, pour en jouer qui ne lui conviennent pas, ou qui lui ſont étrangers ?

A-t-on la liberté d'enfreindre ainſi, à ſon préjudice, la condition qu'il a mis lui-même à l'engagement qu'il a contracté ?

En a-t-on le droit ?

Il faut ne pas connoître les Spectacles, pour ſe permettre de pareilles aſſertions, ou de pareils reproches.

On dit encore que les Comédiens écartent les talens naissans.

Et où pourroit être leur intérêt ?

Où sont les exemples ?

D'abord, un talent formé ne peut voir dans le talent naissant qu'un secours qui se prépare pour lui, ou un successeur qui s'avance, mais, jamais un véritable rival.

Mais ensuite, plus de talens parmi les Comédiens, & plus de succès.

Plus de succès, & plus de recette.

Ainsi, le calcul même est ici d'accord avec l'amour propre.

Les Auteurs se plaignent ; ils ont même, dit-on, présenté aux Commissaires de la Commune un mémoire dans lequel leurs réclamations sont développées.

Mais sur quoi donc peuvent porter ces réclamations des auteurs ?

Ce ne peut être que sur celles de leurs piéces
que les Comédiens refusent de jouer, ou sur
les droits qui peuvent leur appartenir, à raison
des piéces qu'ils jouent.

Quant aux *piéces* que les Comédiens refusent de jouer, il est peut-être difficile qu'un
Auteur ait le courage de se faire justice à lui-
même, & de se rendre à un jugement même
équitable.

On ne peut pas, d'ailleurs, contester aux
Comédiens au moins une sorte de tact, la
connoissance du goût du Public, l'habitude de
la scène & des différens effets qu'elle peut
produire, le discernement qui tient à un long
usage souvent plus sûr que le talent même, &
que les Auteurs ne peuvent pas avoir.

Mais indépendamment de ces considérations

qui ont bien leur dégré de justesse, quel seroit
donc le motif qui pourroit déterminer les Comédiens à refuser de bonnes piéces, & à se
nuire ainsi à eux-mêmes en les refusant ?

Qu'on en cite une seule qui ait injustement
éprouvé ce sort de la part de la Comédie Françoise, depuis *cent-dix* ans qu'elle existe.

Combien n'en a-t-elle pas joué, au contraire,
dont on pouvoit lui reprocher d'avoir présu-
mé trop favorablement ?

Que de piéces n'ont pas réussi, que la Comédie Françoise avoit acceptées uniquement
par condescendance ?

Que d'exemples en ce genre même recens ?

Cependant on a l'injustice d'accuser les Comédiens d'une rigueur déplacée.

A l'égard des *droits* qui appartiennent aux

Auteurs ſur celles de leurs piéces qui ſont jouées, il y a un mot bien ſimple.

Ces droits ſont fixés par un réglement.

Ce réglement exiſte depuis l'année 1780 , & ce ſont les Auteurs eux - mêmes qui l'ont demandé, conſenti & rédigé de concert avec les Comédiens qui l'ont ſouſcrit.

Les Auteurs ne ſont donc pas fondés à ſe plaindre.

Si, aujourd'hui qu'on veut tout changer même ce qui eſt bien, les Auteurs deſirent que ce réglement ſoit changé, ils en ſont les maîtres.

La Comédie Françoiſe ne s'y oppoſe pas.

Et non-ſeulement elle ne s'y oppoſe pas, mais elle le demande elle - même. Car depuis la révolution, qui a fait un tort ſi ſenſible à tous les ſpectacles de la Capitale, ſon propre intérêt eſt encore plus bleſſé par les bâſes du réglement de 1780, que celui des Auteurs.

Il ne feroit donc queſtion aujourd'hui que de faire un autre réglément conventionnel entre les Auteurs & les Comédiens ſur des bâſes nouvelles.

Nous diſons un *autre réglement* ; car on ſent bien qu'il eſt impoſſible de faire un marché à chaque piéce.

Perſonne n'y gagneroit, & ce feroit un embarras qui renaîtroit ſans ceſſe.

Des conventions ſages, libres, compatibles avec tous les intérêts, & adoptées par tout le monde, ſont ce qu'on peut imaginer de mieux, & la Comédie Françoiſe eſt toute prête à en accepter de ſemblables. (1)

---

(1) Déjà un des Membres de la Comédie Françoiſe, (M. d'Azincourt) a propoſé à ſes Camarades une forme d'arrangement qu'ils ſe ſont empreſſés d'accepter, & en a conféré auſſi avec les Commiſſaires des Auteurs, qui en ont trouvé les bâſes auſſi juſtes que raiſonnables.

L'adminiſtration

L'adminiſtration de la Comédie Françoiſe eſt, dit-on, *vicieuſe* :

Mais où ſont ces prétendus vices ; qu'on les indique ?

Il n'y a rien de plus ſimple, au contraire, que ſon régime.

C'eſt une Société formée en *commendite* & qui ſe gouverne elle-même.

Cette Société met en maſſe tous ſes revenus, prélève, chaque mois, toutes les dépenſes de tout genre qu'elle acquitte avec la plus rigou-reuſe exactitude, & partage enſuite ce qui lui reſte entre les différens membres qui la com-poſent, ſuivant le dégré de rétribution ou d'in-térêt qui eſt fixé pour chacun d'eux.

Il ſeroit peut-être difficile d'imaginer une forme d'adminiſtration moins compliquée que celle-là, & plus ſage, & où l'intérêt de tous fût plus dans le bien même de chacun.

B

On dit que la Comédie Françoise a des dettes ;

Mais quel eft l'établiffement un peu confidérable qui n'en a pas ?

Croit-on que les *entreprifes* foient elles-mêmes exemptes de dettes comme le prétendent les Commiffaires de la Commune ?

Toutes les directions des Provinces au contraire en font chargées.

Lyon doit cent mille écus, Bordeaux douze cents mille livres, Rouen trois cents mille livres.

L'entreprife de Marfeille eft fi onéreufe que les Directeurs cherchent à s'en défaire.

A Paris même le théâtre du Palais-Royal, dirigé par entreprife, doit, à ce qu'on affure, 800,000 livres, & peut-être plus.

Ce ne font donc pas là des exemples à citer.

Mais au furplus quels font les Créanciers qui fe plaignent de la Comédie Françoife, & quand ces Créanciers fe taifent, qui eft-ce qui a le droit de parler à leur place ?

Si la Comédie d'ailleurs a un million de dettes, elle a plus d'un million d'actif en propriétés immobiliaires ou foncières, ainfi c'eft comme fi ces dettes n'exiftoient pas.

Les emprunts même qu'elle a faits n'ont eu que des caufes néceffaires.

Elle ne les a faits que de l'autorifation de fon Confeil, & avec l'approbation de fes fupérieurs.

Et quand il a été queftion des befoins de l'État, la Comédie a été la première à fe rendre la charge de ces emprunts perfonnelle, & à impofer à chacun de fes Membres l'obligation de les acquitter individuellement.

Voilà toutes les accusations du compte rendu, réfutées, & cependant nous n'avons encore rien dit de l'impossibilité où l'on feroit de livrer le Théâtre François à une entreprise. Du défaut de puissance à cet égard d'aucun corps administratif ; de l'atteinte que ce projet porteroit à une propriété dont on ne peut ni exiger ni ordonner le sacrifice ; du droit qu'ont les Comédiens de faire valoir eux-mêmes leurs talens, & non pas d'être obligés d'en abandonner le produit à des Directeurs ; de la nécessité qui circonscrit le Comédien dans son état seul, & qui en le circonscrivant ainsi, lui ôte toute autre ressource que celle qu'il peut tirer de son état même.

On sent combien le développement de ces considérations ajouteroit encore de force aux observations que nous venons de proposer contre le projet des Commissaires de la Commune, & combien il en démontreroit encore plus l'absurdité.

Nous ne dirons rien au reste non plus de cet autre projet des Commiſſaires de la Commune, d'établir à Paris une nouvelle troupe rivale du Théâtre François, comme ſi dans un temps où tous les théâtres ſont déſerts, on pouvoit eſpérer d'en entretenir un de plus dans la Capitale.

La Comédie Françoiſe ne prend aucun intérêt à ce qu'il y ait ou n'y ait pas une ſeconde troupe à Paris.

Elle obſervera ſeulement deux choſes :

La première, c'eſt que ce n'eſt qu'après s'être bien convaincu par l'expérience, le meilleur guide ſur lequel puiſſe s'appuyer la raiſon, qu'il étoit impoſſible de conſerver à Paris deux troupes véritablement rivales, ou ſeulement concurrentes l'une de l'autre, ſans que l'art du théâtre ne perdît à cette concurrence même, que Louis XIV s'eſt déterminé dans le ſiècle dernier à réunir la troupe de l'Hôtel de Bour-

gogne & celle de Molière, qui exiſtoient toutes deux dans le même temps.

La ſeconde, c'eſt qu'il ne faut pas qu'on
croye, comme paroiſſent le penſer les Commiſſaires de la Commune, que cette ſeconde troupe
qu'on établiroit, pût jouer les mêmes pièces que
joue aujourd'hui la Comédie Françoiſe.

Ces pièces que joue la Comédie Françoiſe
ſont ſa propriété,

Elles les a acquiſes par des marchés qu'elle
a faits avec les Auteurs.

Ces marchés remontent dans ſes regiſtres
juſqu'à *Rotrou* qui a donné Venceſlas à la ſcêne
Françoiſe.

On n'a donc pas le droit de lui en enlever
le fruit.

Ce n'eſt pas dans un moment, où la Nation
entière vient de mettre toutes les eſpèces de
propriétés, au nombre des droits les plus ſa-
crés de l'homme, que la Comédie Françoiſe
pourroit craindre de perdre les ſiennes.

Ainfi qu'on établiffe fi l'on veut une feconde troupe, cette troupe ne jouera que les pièces qui feront faites pour elle.

Celles qui ont été faites pour la Comédie Françoife continueront à lui appartenir, & elle aura encore de plus celles qui feront faites pour elle feule.

Mais au fond, que réfultera-t-il de cet établiffement ? Nous l'ignorons.

Tout ce que nous pouvons dire, c'eft qu'il y a à peine affez de talents aujourd'hui pour une troupe feule, & que fi l'une des deux vient à avoir plus de fuccès que l'autre, comme cela doit néceffairement arriver, il faut que l'autre foit écrafée, & qu'ainfi il n'y en aura jamais qu'une.